MES ANIMAUX ZOMBIES

LA REVANCHE DU CHAT FANTÔME

Sam Hay a grandi en Écosse, où elle a suivi des études de journaliste. Elle a travaillé pour des journaux et pour la BBC à Londres avant de déménager au Pays de Galles, où elle a eu un bébé et écrit son premier livre pour enfants. Depuis, elle a publié une vingtaine de livres et anime des groupes de lectures à l'école primaire.

Simon Cooper vit en Angleterre. Il a illustré de nombreux livres pour enfants. Il est également auteur illustrateur de bandes dessinées.

Pour Alice et Archie — SH
Pour Joe, le plus cool des chats — SC

Ouvrage publié originellement par Stripes Publishing
sous le titre *Undead Pets* — The Revenge of the Phantom Furball
© 2012, Sam Hay pour le texte
© 2012, Simon Cooper pour les illustrations

© 2015, Bayard Éditions pour l'édition française
Dépôt légal : mars 2015
ISBN : 978-2-7470-4856-9
Imprimé en Espagne par Novoprint

Mes animaux ZOMBIES

LA REVANCHE du CHAT FANTÔME

Sam Hay

Traduit de l'anglais
par Vanessa Rubio-Barreau
Illustré par Simon Cooper

bayard jeunesse

Ce qui s'est passé avant...

Joe, dix ans, a toujours rêvé d'avoir un animal de compagnie.

Mais impossible car sa mère est terriblement allergique aux poils.

Son oncle Charlie lui a offert une amulette dotée du pouvoir d'exaucer un seul et unique vœu...

Joe a souhaité avoir un animal de compagnie, mais, au lieu de ça, il est devenu le protecteur des animaux zombies. Il doit les aider à résoudre leurs problèmes pour qu'ils puissent passer paisiblement dans l'autre monde.

Voilà comment
les ennuis
ont commencé...

CHAPITRE UN

Ce samedi matin-là, Joe avait accompagné son père et sa sœur au magasin de bricolage. Il était au rayon peinture, en train de se demander ce que donnerait un mélange d'orange, de violet et de doré lorsque, du coin de l'œil, il vit une traînée grise s'engouffrer sous l'étagère.

– Qu'est-ce que c'est que ce truc ? s'étonna-t-il.

– Mmm, marmonna son père, plongé dans la lecture des étiquettes.

La grande sœur de Joe, Sarah, fronça les sourcils.

– Quoi ?

– Un truc gris, genre écureuil.

Joe se mit à genoux pour regarder sous l'étagère.

Sarah leva les yeux au ciel.

– Les écureuils, c'est interdit dans les magasins, crétin !

Joe cherchait une réplique cinglante lorsque son petit frère, Toby, surgit comme un fou dans l'allée en poussant un chariot.

– Youhou !

– Attention ! protesta leur père.

– Hé ! fit Sarah en s'écartant d'un bond.

Joe sourit. Avec un peu de chance, la prochaine fois, Toby lui écraserait les pieds.

Joe contemplait les échantillons de peinture pour inventer une nouvelle couleur quand, soudain, un mouvement attira son attention.

Il se retourna aussitôt et vit une queue disparaître au bout de l'allée.

– Là, là ! s'écria-t-il. Regarde, papa !

Son père redressa la tête.

– Hein, quoi ?

– Un écureuil qui fait du shopping, apparemment, se moqua Sarah.

– Mais je vous assure, j'ai vu quelque chose ! râla Joe d'un ton boudeur.

– D'accord, d'accord, soupira son père, soucieux d'éviter une dispute. C'était peut-être un chien guide d'aveugles. Ils ont le droit d'entrer dans les magasins.

Joe allait expliquer que ce qu'il avait vu était plus petit qu'un chien, quand son frère passa à nouveau avec son bolide.

– Arrête ! gronda leur père en attrapant le chariot pour le stopper net.

Il poussa un long soupir.

– Laissez-moi me concentrer un instant pour choisir la peinture et on pourra partir d'ici.

Il se tourna vers sa fille.

– Alors tu as décidé de quelle couleur tu veux qu'on repeigne ta chambre, Sarah ? Toby, tu tiendras le chariot pendant que je charge les pots dedans. Quant à toi, Joe, va me chercher un bouchon pour la baignoire. D'ailleurs, ça me rappelle que tu devais racheter une éponge à maman, non ?

Joe devint écarlate. L'éponge de sa mère avait été grignotée par un hamster zombie nommé Boulette, qui avait un appétit féroce ! Enfin, ses parents n'étaient pas au courant car personne ne voyait Boulette à part lui. Toutes les bêtises du hamster lui étaient donc retombées dessus : non seulement l'éponge mâchonnée, mais aussi la cuisine en bazar, et le pique-nique de son directeur d'école que Boulette avait englouti !

– N'oublie pas : tu avais promis de la payer avec ton argent de poche, insista son père. Ça fera une bonne surprise à maman quand elle rentrera du travail.

Joe soupira. C'était vraiment trop injuste !

Le rayon salle de bains était tout au fond du magasin. Joe slaloma entres les hautes étagères. Il y avait un pan de mur entier couvert de lunettes de W-C. Joe n'en avait jamais vu autant : à pois, à fleurs, à rayures… et même une transparente avec un motif de poissons rouges… et une autre ornée d'une gueule de requin menaçante ! Il était en train de se dire qu'il aurait bien aimé l'acheter pour faire peur à Sarah, lorsqu'il vit une petite tête poilue sortir de l'un des W-C du rayon.

Argh ! Joe sursauta. Ce n'était ni un chien guide d'aveugles ni un écureuil. Il s'agissait d'un chat — un drôle de chat gris couvert de bandages. Dès qu'il repéra Joe, il jaillit des toilettes comme une fusée et sauta dans ses bras.

– Ouille ! protesta le garçon tandis qu'il lui plantait ses griffes dans le bras pour venir se percher sur son épaule, tel un perroquet.

Le chat le regarda alors dans les yeux. Il avait une atroce haleine de poisson pourri.

– Tu es bien Joe, n'est-ce pas ? miaula-t-il d'une voix aiguë. Joe Edmunds, le gardien de l'amulette d'Anubis ? J'ai besoin de ton aide !

Joe grommela. Oh non ! Pas un autre animal zombie ! Il s'était écoulé pile une semaine depuis la visite de Boulette et les choses venaient seulement de rentrer dans l'ordre.

Le chat fourra son museau dans son cou. Joe fronça le nez. Pfiou ! Ça ne sentait vraiment pas la rose !

– Je m'appelle Pelote.

Joe leva les yeux au ciel.

– Laisse-moi deviner… tu as les nerfs en pelote, Pelote ?

Mais la chatte n'eut pas l'air d'apprécier la plaisanterie. Elle enfonça ses griffes encore plus profondément dans son épaule.

– Hé ! Arrête ! Ça fait mal ! pesta Joe.

– J'ai besoin de ton aide pour sauver ma sœur, couina-t-elle. J'essaie de te parler depuis des jours et des jours, mais il y a tellement de vacarme chez toi que je n'ai pas osé t'approcher. J'ai horreur du bruit.

Joe fronça les sourcils. Qu'est-ce qu'elle racontait ?

Puis il se rappela que son père avait utilisé sa perceuse électrique pour installer un dressing à Sarah.

Pelote se mit à ronronner.

– Au moins, ici, c'est plus calme…

Pile à ce moment-là, un DING DONG monstrueux retentit au-dessus de leurs têtes et une voix tonitruante résonna dans tout le magasin :

UN VENDEUR EST DEMANDÉ D'URGENCE
AU RAYON TONDEUSES À GAZON !

Pelote sauta des bras de Joe avec un miaulement perçant.

– Hé, c'est juste les haut-parleurs, n'aie pas peur…, la rassura Joe.

Mais la chatte ne l'écoutait pas. Tandis qu'elle filait à travers les rayons, le garçon remarqua que ses bandages commençaient à se défaire.

– Attention ! cria-t-il.

Trop tard.

Pelote se prit les pattes dans les bandes, trébucha et s'affala sur le sol ciré. Elle glissa sur le ventre et fonça la tête la première dans une pyramide de pots de peinture !

CHAPITRE DEUX

– Oh oh, murmura Joe.

La pyramide s'écroula et les pots roulèrent en tous sens, dans les allées, sous les étagères. Paniquée, Pelote slalomait pour les éviter quand elle percuta une gigantesque montagne de bidons de liquide lave-glace. Sous le choc, ils se mirent à vaciller... puis basculèrent dans le vide.

– Au secours ! couina Pelote.

Plusieurs bidons se brisèrent en touchant le sol et leur contenu se répandit partout. La chatte patinait dans une mare de liquide bleu.

Miaulant à fendre l'âme, elle détala sur ses pattes trempées et disparut dans l'allée voisine.

Alertés par le vacarme, trois vendeurs ainsi que le directeur du magasin rappliquèrent et fixèrent Joe d'un œil furieux.

Planté au beau milieu du désastre, le garçon avala sa salive.

– Je vais vous expliquer…

Mais il n'en eut pas le temps parce qu'un craquement sinistre retentit à l'autre bout du magasin suivi par un bruit de verre brisé.

– Par ici ! cria le directeur.

Et il fila, sautant par-dessus la flaque de liquide lave-glace. Ses vendeurs lui emboîtèrent le pas, accompagnés par Joe.

– Ça vient du rayon luminaires ! lança le directeur alors qu'un nouveau craquement se faisait entendre.

En arrivant sur les lieux, Joe se figea d'horreur. Deux énormes lustres en cristal gisaient par terre, cassés en mille morceaux. Perchée sur une poutre métallique, Pelote contemplait la scène, le poil hérissé, remuant nerveusement la queue.

– Je n'ai pas fait exprès ! gémit-elle. C'est le bruit qui m'a fait peur.

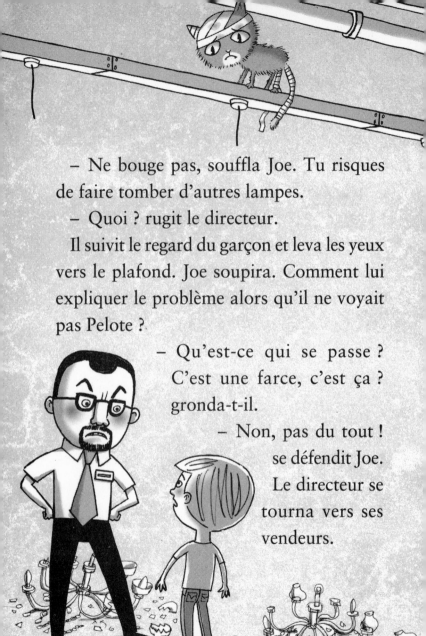

– Ne bouge pas, souffla Joe. Tu risques de faire tomber d'autres lampes.

– Quoi ? rugit le directeur.

Il suivit le regard du garçon et leva les yeux vers le plafond. Joe soupira. Comment lui expliquer le problème alors qu'il ne voyait pas Pelote ?

– Qu'est-ce qui se passe ? C'est une farce, c'est ça ? gronda-t-il.

– Non, pas du tout ! se défendit Joe. Le directeur se tourna vers ses vendeurs.

– Nettoyez-moi tout ça immédiatement et annoncez au micro que le rayon luminaires est fermé jusqu'à nouvel ordre.

Joe se mordit les lèvres. Oh non ! Pas une annonce : la chatte était juste à côté du haut-parleur ! Elle allait avoir la peur de sa vie ! Mais comment l'avertir alors que le directeur ne le quittait pas des yeux ?

– C'est quoi, ton nom ? Où sont tes parents ?

– Je m'appelle Joe et... voilà mon père, avec mon frère et ma sœur, fit-il en tendant le bras.

Leur chariot chargé de pots de peinture venait justement d'apparaître au bout de l'allée.

En voyant Joe au milieu de tout ce bazar, son père s'inquiéta :

– Qu'est-ce qui s'est passé ?

Joe allait répondre quand le redouté DING DONG retentit à nouveau juste au-dessus de leurs têtes.

– MIIIAOU !

Pelote sursauta, les poils hérissés comme un porc-épic.

CHERS CLIENTS, NOUS REGRETTONS DE VOUS INFORMER QUE LE RAYON LUMINAIRES EST FERMÉ JUSQU'À NOUVEL ORDRE !

En entendant la voix tonitruante, la chatte partit comme une folle, courant le long des poutres, sautant de l'une à l'autre. Mais alors qu'elle bondissait, l'un de ses bandages s'enroula autour de ses pattes arrière, elle trébucha et elle bascula dans le vide. Dans une tentative désespérée pour se raccrocher, elle s'agrippa à un fil électrique… et se retrouva suspendue dans les airs. Et comme ses pattes étaient trempées de liquide lave-glace, elle glissait lentement…

– Tiens bon, Pelote ! lui souffla Joe entre ses dents.

La petite chatte le fixait, complètement terrifiée. Puis sans réfléchir, elle planta ses dents dans le fil électrique.

– NON ! hurla Joe.

Sans être expert en électricité, il supposait que mordre dans un câble n'était sûrement pas une bonne idée.

Et il avait raison.

BANG !

L'espace d'une seconde, Pelote s'alluma comme une ampoule !

Puis toutes les lumières s'éteignirent d'un coup. Heureusement qu'il faisait encore jour dehors.

Tout le monde se figea. Le directeur du magasin ouvrit et ferma la bouche comme un poisson rouge tandis que Toby sifflait :

– Waouh !

– Joe ! miaula Pelote, qui se balançait toujours au bout du fil. À l'aide !

Malgré la décharge qu'elle venait de prendre, elle ne semblait pas blessée. Visiblement, les animaux zombies ne sentaient plus rien.

– Saute ! chuchota-t-il.

– À qui tu parles, minus ? s'étonna Sarah.

– Euh… c'est l'écureuil, murmura Joe. Je viens de le voir passer.

– Quel écureuil ? gronda le directeur, l'air furibond. Tu as fait entrer un animal dans mon magasin ?

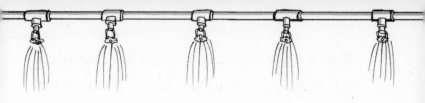

Mais avant que Joe ait pu répondre, le câble électrique céda et Pelote dégringola.

Puis de l'eau se mit à tomber du plafond.

– Pourquoi il pleut à l'intérieur ? demanda Toby.

Leur père fit la grimace.

– Je crois que le système anti-incendie s'est déclenché.

Le plafond les arrosait, telle une douche géante. Les clients se ruèrent vers la porte en hurlant. Mais trop tard, tout le monde était déjà trempé.

CHAPITRE TROIS

— Je n'arrive pas à comprendre comment un petit écureuil a pu causer autant de dégâts, fit la mère de Joe, incrédule, lorsque son mari et ses enfants lui racontèrent leurs aventures de la matinée.

Ils étaient en train de déjeuner pour se remettre de leurs émotions. Ils avaient passé une heure dans le bureau du directeur à essayer de le convaincre que Joe n'avait pas introduit un écureuil dans son magasin. Par chance, l'homme n'avait aucune preuve de ce qu'il avançait, et il avait été obligé de les laisser partir.

– Ce n'était peut-être pas un écureuil, hasarda Sarah. Ça, c'est juste une invention de Super Dingo.

– Hé ! protesta Joe.

– Ne l'appelle pas comme ça, Sarah, dit leur mère d'un ton de reproche.

Joe voulut flanquer un coup de pied à sa sœur sous la table, mais elle tendit vite ses jambes hors de sa portée.

– En tout cas, ce petit animal devait être bien énervé pour mettre tout ce bazar ! affirma leur père.

Joe se sentit rougir. Si seulement ils savaient ! Par chance, Pelote s'était enfuie du magasin dès que le système anti-incendie s'était déclenché. Mais il se doutait qu'elle allait bientôt revenir à la charge. Il regarda l'heure.

– Je peux sortir ? Je dois retrouver des copains au parc.

Sa mère hocha la tête.

– Je peux venir avec toi ? demanda Toby en enfournant le reste de sa salade d'un coup, les joues gonflées comme un hamster.

Joe fit la grimace. Il avait prévu de faire un match de foot avec son meilleur ami, Matt, et d'autres garçons de son école. Il n'avait aucune envie de devoir jouer les baby-sitters en surveillant son petit frère.

– Ce serait gentil, affirma leur mère, ignorant son expression boudeuse. Comme ça,

papa pourrait se consacrer à la peinture pendant que je m'occupe du jardin. On se croirait dans la jungle.

Joe grogna :

– Pourquoi Sarah ne s'occupe pas de Toby ?

– J'ai invité une copine, répliqua-t-elle.

Toby suppliait son frère du regard.

– Bon, d'accord, soupira Joe.

Par ce bel après-midi ensoleillé, le parc était bondé : des gens qui promenaient leur chien, des joggers, des familles qui pique-niquaient et des tas d'enfants qui jouaient partout.

Matt était déjà là, en train de taper dans le ballon avec ses copains. Il fit signe à Joe et à Toby :

– Hé, Joe ! C'est toi le goal, aujourd'hui !

Et il lui envoya le ballon.

– Super, c'est vraiment mon jour de chance, grommela Joe, qui détestait jouer les gardiens de but.

Il alla se mettre en position pendant que les autres constituaient deux équipes. Comme il était tout petit, personne ne voulait choisir Toby. Mais Ben, un des copains de Joe, finit par avoir pitié de lui et le prit dans son équipe : il allait jouer contre son grand frère !

Mais ça ne dérangeait pas Joe, car il avait bien d'autres chats à fouetter. Il venait de s'apercevoir que le gardien d'en face n'était autre que Nicolas Branch, surnommé Nick le Bâton, parce qu'il était grand et maigre.

C'était le meilleur gardien de l'école, Joe allait donc devoir se donner à fond pour défendre son équipe.

Il était concentré sur le match quand, soudain, quelque chose attira son regard : un éclair gris qui disparaissait derrière un buisson...

Pelote !

– Super, marmonna Joe. Comme si j'avais besoin de ça.

Joe l'ignora, espérant qu'elle allait s'en aller, effrayée par le bruit.

Mais au bout de quelques minutes, comme l'action s'était déplacée à l'autre bout du terrain, elle fonça vers lui, ses bandages volant au vent.

– Saut, Joe, miaula-t-elle en se frottant contre ses jambes. Viens, il faut que tu

m'aides à protéger ma sœur. Je vais te montrer où j'habite.

– Pas maintenant ! répondit Joe en s'appliquant à garder un œil sur le ballon.

Les joueurs revenaient vers eux, mais la chatte ne semblait pas les avoir remarqués.

– Ça ne sera pas long, supplia-t-elle.

– Plus tard ! Tu ne vois pas que je suis occupé !

Juste à ce moment-là, Matt poussa un cri : le ballon passa au-dessus de la tête de Joe et fila droit au fond du filet.

– BUT ! hurla Toby, tout fier.

C'était la première fois de sa vie qu'il marquait contre son frère.

Ceux de son équipe l'acclamèrent.

– Hé, Joe ! Arrête de rêvasser ! râla Matt.

Sourcils froncés, le garçon envoya le ballon à l'autre bout du terrain. Tandis que les joueurs couraient après, il se tourna vers Pelote, furieux, mais elle avait disparu.

– Je suis là, Joe.

Il leva les yeux. La chatte était cramponnée à la barre transversale.

– Ce ballon a failli m'écraser, gémit-elle. On s'en va ?

– Non ! gronda Joe. Pas tout de suite.

Il s'efforça de se concentrer sur le match, mais c'était difficile avec un chat zombie au-dessus de la tête. Il laissa passer

un autre but, puis finalement son équipe égalisa. Ça ne dura pas longtemps : le Bulldozer (Jake Bullin) intercepta la balle. Tout le monde l'appelait le Bulldozer parce qu'il fonçait droit devant en écrasant tout sur son passage. Pas moyen de l'arrêter !

Joe avala sa salive. Jake courait vers lui, esquivant la défense. Joe se prépara à plonger sur le ballon, tendu comme un ressort. Mais tout à coup, un aboiement retentit non loin de là…

– Un chien ! Au secours ! hurla Pelote.

Et elle se laissa tomber sur la tête de Joe,

l'aveuglant complètement avec sa queue,
juste au moment où le ballon arrivait dans
le filet.

BUT !

– Qu'est-ce que t'as, aujourd'hui, Joe ? s'inquiéta Matt alors qu'ils rentraient chez eux. T'as raté quatre fois le ballon.

Joe haussa les épaules.

– Euh… y avait une guêpe qui me tournait autour.

Matt soupira. Toby, au contraire, avait le sourire jusqu'aux oreilles.

– Quatre-trois ! Quatre-trois ! chantonnat-il tout le long du chemin.

Pelote suivait en boitillant, son bandage traînant derrière elle.

Tous les dix mètres, elle couinait :

– Attends-moi, Joe !

Mais le garçon ne lui prêtait pas attention. Il en avait assez d'être le protecteur des animaux zombies. Il fallait qu'il trouve un moyen d'annuler le souhait de l'amulette.

– Au fait, je pourrais venir chez toi, demain ? Mon oncle et ma tante déjeunent à la maison, et je n'ai pas envie de passer l'après-midi coincé entre mes deux petites cousines !

Joe sourit. Il savait à quel point Matt détestait jouer avec les jumelles, Lily et Lola.

– Bien sûr, acquiesça-t-il, content de se réconcilier avec son meilleur copain.

Il espérait juste qu'il aurait réussi à se débarrasser de Pelote d'ici là.

Joe et Toby laissèrent Matt au coin de la rue et poursuivirent jusqu'à chez eux. Leur mère était en train d'arracher les mauvaises herbes dans le jardin.

– Alors vous vous êtes bien amusés ? leur lança-t-elle.

– J'ai marqué un but et battu Joe ! annonça Toby.

– Bravo ! le félicita-t-elle en souriant, avant d'ajouter à l'adresse de Joe : Et dommage pour toi, mon grand.

Celui-ci fit la grimace, continuant à ignorer Pelote qui frottait sa tête contre ses chevilles pour attirer son attention. Sa mère tira une carte postale de la poche arrière de son jean.

– Tiens, ça va te remonter le moral. C'est de la part d'oncle Charlie.

Un frisson d'excitation parcourut Joe. Après avoir cherché en vain sur Internet comment annuler le vœu qu'avait exaucé l'amulette d'Anubis, il avait envoyé un mail à son oncle pour lui demander de l'aide. Peut-être lui répondait-il ! Peut-être savait-il comment se débarrasser de Pelote !

Joe examina la photo : c'était une ville en ruine. Puis il lut le texte au verso :

Je découvre la Bolivie : Tiwanaku est un endroit incroyable ! J'aurai plein d'aventures à vous raconter ! J'espère que tout se passe bien avec tes animaux, Joe !

À bientôt !

Bisous

Oncle Charlie

Joe Edmunds

34, rue Woodstock

Lancaster

Royaume-Uni

Et c'est tout. Pas un mot sur la manière de régler le problème des zombies !

– Je me demande pourquoi il s'imagine que tu as des animaux, remarqua sa mère en s'essuyant les mains sur son jean. Il sait pourtant que je suis allergique aux poils.

Et comme pour le prouver, elle fronça le nez et éternua une première fois, puis une deuxième, encore plus fort.

Pelote se figea, terrifiée par ce vacarme.

– Vous avez caressé un chien, au parc ? s'étonna la mère de Toby et Joe en se frottant le visage. Il y a quelque chose qui me fait… ATCHOUM !

Elle éternua si bruyamment qu'on aurait dit une moto pétaradante.

C'en était trop pour Pelote qui détala, remonta l'allée et s'engouffra dans la maison.

Joe soupira.

« Super ! Voilà un nouvel animal zombie qui va mettre des poils partout ! »

CHAPITRE QUATRE

– Pelote ? appela Joe à voix basse en entrant dans la salle à manger. Tu es là ?

Il avait regardé dans la cuisine, le salon et le cagibi sous l'escalier.

– Pelote ! souffla-t-il, agacé. Je ne peux pas t'aider si tu te caches.

Il n'avait pas franchement envie d'aider la petite chatte, mais il savait que plus il mettrait de temps à résoudre ses problèmes, plus elle resterait dans ses pattes.

Il grimpa à l'étage afin de poursuivre ses recherches. Il fit le tour de toutes les chambres et de la salle de bains, pour la découvrir finalement dans un placard, blottie au fond du panier à linge.

– Elle est partie, l'horrible bonne femme ? couina-t-elle.

– Tu parles de ma mère, je te signale ! s'indigna Joe. Et ce n'est pas sa faute si elle est allergique à toi.

– Eh bien, moi aussi, je suis allergique à elle… ou tout du moins au vacarme monstrueux qu'elle fait quand elle éternue !

Pelote enfouit son museau dans ses pattes.

– J'ai horreur du bruit !

Joe soupira. Pourquoi les animaux zombies étaient-ils tous aussi pénibles ?

La petite chatte leva ses grands yeux vers lui.

– Tu sais ce qui me consolerait ?

Joe haussa les épaules.

– Non…

– Un câlin, murmura Pelote.

– Quoi ?

– Que tu me caresses le dos et que tu me gratouilles entre les oreilles. Ça me calmerait.

Joe fit la grimace. Il n'avait franchement aucune envie de la toucher. Déjà, elle sentait affreusement mauvais et, en plus, elle était couverte de bandages répugnants.

– S'il te plaît, Joe, supplia-t-elle.

Le garçon prit une profonde inspiration et, à contrecœur, posa la main sur son poil. Il frissonna. C'était froid, humide et poisseux. Et plus il s'approchait, plus l'odeur lui soulevait le cœur !

– Trrrès agrrrréable, ronronna-t-elle. Surrrrtout n'oublie pas de me gratouiller entrrrre les orrrreilles.

Joe évita de regarder de trop près les pansements qu'elle avait autour de la tête.

– Rrrrr, c'est trrrrop bon. Et un peu sous le menton aussi, s'il te plaît.

L'après-midi allait être long !

Mais soudain Pelote cessa de ronronner et parut à nouveau anxieuse.

– Au fait, tu n'as pas de chien, hein ?

– Non, non, la rassura-t-il. Mais j'aimerais bien… Pourquoi ?

– J'ai une peur panique des chiens ! C'est à cause d'un affreux molosse que je suis morte !

Joe haussa les sourcils.

– Ah oui ?

Malgré lui, il ne put s'empêcher de la questionner :

– Qu'est-ce qui s'est passé ?

Pelote soupira.

– J'avais la belle vie… Tout allait bien…

Avec ma sœur, Peluche, on vivait heureuses chez Maya...

Jusqu'au jour où son frère, Jay, a eu un chiot carlin nommé Bonsaï.

Il voulait jouer... mais pas nous !

Il m'a pourchassée jusque sur la route. Une voiture m'a percutée...

BOUM !

Le vétérinaire a tenté de me soigner, mais mes blessures étaient trop graves...

Joe ne savait pas quoi dire.

– Euh… désolé. Tu veux que je te rattache ton bandage pour éviter que tu te prennes les pattes dedans ?

Pelote acquiesça et se remit à ronronner.

– Maintenant, je voudrais pouvoir passer tranquillement dans l'autre monde. Mais c'est impossible tant que je ne suis pas sûre qu'il n'arrivera pas le même malheur à ma sœur, Peluche.

Elle leva les yeux vers Joe.

– Voilà pourquoi j'ai besoin de ton aide. Je veux que tu ailles chez moi pour faire en sorte que Bonsaï se calme et que ma sœur soit en sécurité.

Joe fronça les sourcils.

– Mais je ne sais pas comment dresser un chiot, moi ! En plus, je ne peux pas entrer comme ça chez tes anciens maîtres et leur dire ce qu'ils doivent faire avec leur chien !

Pelote grimpa sur ses genoux.

– Si ! Il le faut ! insista-t-elle en frottant sa tête contre son menton. Sinon Peluche risque de finir comme moi !

Joe retenait sa respiration. Il n'aimait vraiment pas que la petite chatte s'approche si près de lui. Elle sentait trop mauvais !

Il gigota pour essayer de la faire descendre, mais elle planta ses griffes dans sa cuisse.

– Je t'en prie, Joe ! Aide-mooooââ ! miaula-t-elle.

Il finit par céder :

– D'accord, d'accord ! Mais arrête avec tes griffes ! Je pourrais peut-être y aller demain...

Pelote ronronna de plus belle.

– Je savais que tu saurrrais arrranger les choses.

– Mm, marmonna-t-il en grimaçant tandis qu'elle se roulait en boule sur ses genoux.

Il n'avait pas la moindre idée de la manière dont il allait s'y prendre.

CHAPITRE CINQ

Joe était encore occupé à échafauder un plan lorsque sa mère l'appela pour dîner quelques heures plus tard. Pelote avait passé l'après-midi à fureter aux quatre coins de la chambre, fourrant son museau partout.

– Ne touche pas à ça ! gronda Joe en ramassant son trésor le plus précieux qui roulait à ses pieds.

Il s'agissait d'un œil de verre ayant appartenu à un vrai pirate, cadeau d'oncle Charlie. Il trônait en principe sur sa commode, mais dès que la chatte l'avait aperçu, elle n'avait pas pu s'empêcher de le faire tomber d'un coup de patte pour courir après comme une folle.

– Reste ici et surtout ne fais pas de bêtises, lui recommanda Joe.

Il reposa l'œil de verre à sa place avant de se diriger vers la porte.

– Tu t'en vaaaas ? gémit la petite chatte. Mais qui va s'occuper de mooââ ?

– Tu peux rester une demi-heure toute seule, quand même ! rétorqua le garçon.

Et il fila au rez-de-chaussée avant qu'elle recommence à pleurnicher.

– Qu'est-ce qu'on mange, ce soir, maman ? demanda-t-il en entrant dans la cuisine.

– Des spaghettis bolognaise !

Par chance, sa mère avait arrêté d'éternuer.

– Tu peux rajouter une chaise, Joe, s'il te plaît ? Sarah a invité Gabriella à dîner.

Il soupira. Toutes les amies de sa sœur étaient insupportables, mais Gabriella était de loin la pire. Il les entendit glousser avant même de les voir.

– Salut, Joe ! lança Gabriella en pénétrant dans la cuisine avec Sarah. Comment va ton écureuil ?

Il leur décocha un regard noir. Heureusement son père arriva à temps pour couper court à la conversation.

– On va éviter de parler des écureuils à table, ils nous ont attiré assez d'ennuis comme ça aujourd'hui !

– Alors ce match de foot, Joe ? le questionna Sarah en s'asseyant. Toby m'a dit qu'il avait marqué un but contre toi.

L'intéressé sourit, tout fier.

Joe allait répliquer quand il ressentit une

vive douleur dans le tibia. Pelote essayait de se hisser sur ses genoux.

– Ouille ! cria-t-il tandis qu'elle lui plantait ses griffes dans la cuisse.

Tout le monde se retourna vers lui.

– Ça va, Joe ? s'inquiéta sa mère.

– Tu n'avais pas le droit de me laisser toute seule, couinait Pelote. Il aurait pu m'arriver n'importe quoi !

– Oui, oui, ça va, maman, la rassura Joe. J'ai juste un peu de courbatures à cause du foot.

Puis il jeta un regard à Pelote qui s'installait confortablement sur ses genoux.

– Tiens-toi tranquille, lui glissa-t-il.

Sarah leva les yeux au ciel.

– T'as vu, Gab ? Il parle à son ami imaginaire.

– Sarah ! gronda leur mère. Arrête d'embêter ton frère !

Après ça, le repas se déroula en silence. Joe aurait aimé savourer ses pâtes paisiblement, mais Pelote n'arrêtait pas de gigoter. Elle pointa son museau au-dessus de la nappe pour regarder ce qui se passait, puis grimpa carrément sur la table.

Joe étouffa un cri. Il avait toujours du mal à se rappeler qu'il était le seul à voir les animaux zombies. Il s'efforçait d'agir normalement, mais ce n'était pas facile avec un chat fantôme assis à côté de son assiette.

Quand Pelote entreprit de faire sa toilette, un de ses bandages tomba dans les spaghettis de Joe.

— Pousse-toi ! chuchota-t-il.

— Pourquoi ? s'étonna-t-elle.

Sa queue trempait toujours dans le plat de Joe.

— C'est dégoûtant ! grommela-t-il.

— Quoi ? répliqua Sarah. À qui tu parles, Joe ?

Gabriella se mit à ricaner.

— C'est peut-être l'écureuil qui vient goûter ses pâtes ? suggéra-t-elle.

Les filles pouffaient, mais Joe les ignora, trop occupé à surveiller Pelote qui léchait ses pansements.

Il fit la grimace et reposa sa fourchette. Ça lui avait complètement coupé l'appétit.

Son père haussa un sourcil.

– Ça va, Joe ? Ça ne te ressemble pas de laisser la moitié de ton dîner.

– J'ai pas trop faim, ce soir, mentit-il.

Il entendit soudain renifler. Sa mère commençait à se frotter le nez.

– Il y a du roulé à la confiture pour le dessert, annonça-t-elle en se levant pour prendre un mouchoir.

Les yeux de Sarah étincelèrent.

– Miam, mon dessert préféré !

– Je vais débarrasser, annonça leur père en portant les assiettes dans l'évier.

Leur mère coupa le roulé en tranches et le servit à chacun dans un petit bol, après l'avoir nappé de crème anglaise.

Entre-temps, Pelote avait arrêté de se lécher et produisait maintenant d'étranges gargouillis. Joe lui jeta un regard suspicieux... et, juste à ce moment-là, elle recracha un tas de boules de poils verdâtres sur la table. Certaines tombèrent même dans le dessert de Joe.

– Beurk ! gémit-il en touchant le tas vert et visqueux du bout de sa cuillère.

– Qu'est-ce qu'il y a ? s'inquiéta sa mère. Ce n'est pas bon ?

– Moi, j'adore ! Si tu n'aimes pas, je prends ta part ! annonça Sarah.

Et avant qu'il ait pu réagir, elle s'empara de son dessert. Évidemment sa sœur ne voyait ni Pelote, ni les boules de poils qu'elle avait crachées dans son bol… mais Joe oui ! Le cœur au bord des lèvres, il regarda sa sœur les engloutir sans rien remarquer.

Leur mère ne cessait de se gratter le nez et de renifler. Puis, brusquement, elle explosa et lâcha une série d'éternuements tonitruants.

– Au secours ! miaula Pelote, qui sauta sur l'épaule de Joe. À l'aide ! Fais quelque chose, je ne supporte pas le bruit.

– Je ne me sens pas bien, marmonna le garçon en se levant avec le chat cramponné à son épaule comme un perroquet furieux. Je vais m'allonger un peu.

– Hé ! protesta Sarah. C'est à ton tour de faire la vaisselle !

– Je la ferai à ta place demain, promit-il avant de filer.

– Quel bruit affreux ! gémit Pelote toujours agrippée à lui tandis qu'il montait l'escalier.

– Arrête de pleurnicher ! C'est plutôt moi qui suis à plaindre. Grâce à toi, je n'ai rien pu avaler. Je meurs de faim !

La chatte leva le museau en l'air, vexée.

Elle sauta à terre dès qu'ils furent dans la chambre.

– Ce n'est pas ma faute ! se justifia-t-elle. Il y a trop de bruit chez toi !

– Eh bien, tu n'as qu'à partir ! répliqua Joe. Je ne te retiens pas.

Pelote lui lança un regard mauvais avant de lui tourner le dos.

Le garçon l'ignora durant toute la soirée. Boudant toujours, elle se roula en boule sur son oreiller et s'endormit pendant qu'il jouait sur son ordinateur.

Pelote dormait toujours au moment où Joe se mit en pyjama. Elle ne remua même pas lorsqu'il tira la couette. Et elle ne bougea pas quand il essaya de se glisser dans son lit.

– Hé ! Réveille-toi ! Tu prends toute la place !

Comme il la chassait de son oreiller, elle se recroquevilla à l'autre bout du lit. Mais dès qu'il eut éteint la lumière, elle se glissa sous la couette et se blottit dans son cou.

— Non, ouste, Pelote !

Joe roula de l'autre côté, mais la chatte s'en moquait, elle revint à la charge frottant son museau contre sa joue.

— Arrête ! gémit Joe en la repoussant. Tu sens trop mauvais ! Va dormir ailleurs !

Il changea de position et commença à s'endormir, mais pile quand il allait sombrer

dans le sommeil, elle s'installa à nouveau sous son menton.

Et elle se mit à ronronner !

Joe gémit. Il avait l'impression d'être couché à côté d'un train à vapeur. Un train à vapeur puant !

– Silence ! souffla-t-il en se bouchant les oreilles.

Mais il l'entendait quand même.

Au bout d'un moment, il n'eut plus la forte de lutter. Il enfouit sa tête sous son oreiller et finit par s'endormir.

CHAPITRE SIX

Mais Joe ne dormit pas longtemps. Chaque fois qu'il commençait à s'assoupir, Pelote s'étirait et le réveillait. Ou pire elle se blottissait tout contre lui avec ses bandages nauséabonds juste sous son nez ! Puis elle décida qu'il était l'heure de jouer. Elle sauta du lit, se mit à courir en tous sens, grimpa aux rideaux et fit tomber l'œil de verre offert par oncle Charlie. Elle faisait un tel vacarme que Sarah vint frapper à la porte pour dire à Joe d'arrêter.

Quand le garçon se réveilla le lendemain matin, il était couché en équilibre au bord du matelas, avec une jambe dans le vide, tandis que la chatte s'étalait de tout son long, bien au milieu du lit.

– Bonjour, Joe ! miaula-t-elle en ouvrant les yeux. Tu as bien dormi ?

– Non ! grogna-t-il. Et c'est ta faute !

Il devait se débarrasser d'elle, et vite !

Après un petit déjeuner rapide, Joe décida de rendre visite à Maya. Il lui fallait juste trouver un prétexte pour sortir de la maison de si bonne heure. En voyant son père en vieux T-shirt et jean, prêt à repeindre la chambre de Sarah, Joe eut une idée.

– Salut, p'pa. Si tu veux, je vais aller chercher le journal aujourd'hui, comme ça, tu pourras tout de suite te mettre au boulot, d'acc ?

Son père plissa les yeux, soupçonneux. D'habitude, le dimanche matin, son fils préférait faire la grasse matinée que de donner un coup de main.

– D'accord, finit-il par dire. Prends de l'argent dans mon portefeuille. Mais surtout ne dépense pas tout en bonbons !

Joe empocha un billet et s'empressa de filer avant qu'on lui demande d'emmener Toby avec lui.

Pelote l'attendait déjà dehors, perchée sur le muret.

– On y va ! lança-t-il. Conduis-moi chez toi.

– Tu es sûre que c'est par là ? haleta Joe en escaladant une vieille palissade.

Pelote agita la queue sans répondre.

Au lieu de passer par la rue, la petite chatte l'avait conduit en ligne droite, à travers les jardins et les allées désertes, slalomant entre les poubelles renversées et les remises déglinguées. Sans se soucier que Joe ait du mal à la suivre sur ses deux jambes.

Soudain, elle fila comme une folle et s'engouffra dans une vieille canalisation qui sortait de terre.

– Hé, où tu vas ? protesta le garçon.

Deux minutes plus tard, elle réapparut, couverte de poussière et de toiles d'araignée.

– Désolée, j'avais senti une souris.

Puis, vive comme l'éclair, elle détala à nouveau.

Le temps qu'ils arrivent chez Maya, Joe était épuisé. À force d'escalader des clôtures, son jean était tout sale et il avait les mains pleines d'échardes. En approchant de la maison, il entendit un chiot japper.

– Bonsaï ! s'écria Pelote.

Elle s'agrippa au pull de Joe et se hissa sur ses épaules.

– Hé ! Sors de là ! ordonna-t-il tandis qu'elle se cachait dans sa capuche, tremblant de peur.

Mais elle se cramponnait, les deux pattes autour de son cou, les griffes enfoncées dans sa chair.

– Ouille ! Tu me fais mal, Pelote !

– Protège-moi de cet affreux chien ! miaula-t-elle.

– Il ne peut rien te faire, tu es déjà morte ! répliqua Joe entre ses dents serrées.

Juste à ce moment-là, un miaulement désespéré monta du jardin.

– Peluche a des ennuis ! s'écria Pelote. Il faut qu'on l'aide.

Joe aperçut une petite chatte grise aux pattes blanches perchée dans un arbre. Au pied du tronc, Bonsaï aboyait en sautant comme un fou.

C'était un chiot court sur pattes, trapu, avec le museau écrasé.

Pelote enfouit sa tête dans la capuche de Joe.

– Elle va tomber ! C'est affreux ! Tu dois la secourir !

Mais avant que Joe ait pu intervenir, une petite fille sortit de la maison.

– C'est Maya, miaula Pelote.

La fillette essaya d'éloigner le chiot de l'arbre, mais il crut qu'elle voulait jouer. Il se mit à faire des bonds, surexcité.

– Laisse-la tranquille, Bonsaï, ordonna Maya, au bord des larmes.

– Fais quelque chose, Joe, supplia Pelote.

Joe repéra alors une balle dans les buissons. Il se baissa pour la ramasser.

– Hé, Bonsaï ! Viens là, gentil toutou !

– Qu'est-ce que tu fais ? hurla Pelote. Je ne veux pas qu'il s'approche de moi !

Mais Joe l'ignora. Il fit rebondir la balle plusieurs fois par terre, puis cria :

– Allez, attrape la baballe !

Agitant sa queue en tire-bouchon, Bonsaï rappliqua à toute allure. Sa petite langue rose pendait de sa gueule quand il courait. Joe lança la balle à l'autre bout du jardin, et le chien détala à sa poursuite en aboyant gaiement.

Maya en profita pour grimper dans l'arbre, attraper la petite chatte et la ramener à l'intérieur, en sécurité.

Quelques minutes plus tard, elle ressortit et vint à la rencontre de Joe.

– Merci, fit-elle en souriant.

– Pas de problème. Au fait, je m'appelle Joe.

Il saisit la balle que Bonsaï venait de lui rapporter et la relança.

– Moi, c'est Maya, répondit-elle tandis que le chien décollait comme une fusée.

– Il est plein d'énergie, remarqua Joe.

– Oui, confirma Maya en soupirant. Il est mignon, mais un peu brutal quand il joue. Ça ne plaît pas du tout à ma petite chatte.

Intéressée, Pelote sortit la tête de la capuche de Joe et chuchota à son oreille.

– C'est le moment, vas-y !

Le garçon l'écarta d'un revers de main.

– Elle s'appelle comment ?

– Peluche, sa sœur s'appelait Pelote, mais elle est morte. Tout ça à cause de Bonsaï ! Comme il la pourchassait, elle a couru sur la route et elle s'est fait écraser par une voiture.

– Oui ! confirma Pelote, furieuse. Vilain chien !

Sans se douter qu'on parlait de lui, Bonsaï se roulait dans l'herbe.

– Oh, elle est terrible, cette histoire ! s'exclama Joe en se penchant pour caresser le ventre du chiot.

Dans sa capuche, Pelote se mit à souffler.

– Je suis sûr qu'il n'a pas fait exprès, reprit Joe. Il croit que tout le monde veut jouer.

Maya hocha la tête.

– Oui, sûrement. Mais j'aimerais qu'il laisse Peluche tranquille. Je ne veux pas qu'il lui fasse du mal.

Juste à ce moment-là quelqu'un entrouvrit la porte de la maison pour annoncer :

– Maya, on te demande au téléphone !

– Il faut que j'y aille. Merci encore, Joe.

– Pas de problème.

Tandis qu'elle s'éloignait, il lança une dernière fois la balle au chiot avant de partir.

Il devait rentrer vite, sinon ses parents allaient s'inquiéter.

Mais Pelote en avait décidé autrement. Elle sauta à terre et commença à lui tourner autour, l'empêchant d'avancer.

– Où tu vas comme ça ? miaula-t-elle. Peluche n'est toujours pas en sécurité.

– Je ne vois pas ce que je peux faire d'autre, soupira Joe en l'enjambant.

– Quoi ! couina la chatte, qui agitait furieusement la queue. Mais il *faut* que tu fasses quelque chose !

Joe haussa les épaules. C'était vrai : il n'avait franchement aucune idée.

CHAPITRE SEPT

– Si tu y retournais, toi, pour hanter Bonsaï ? suggéra Joe tandis qu'ils allaient acheter le journal.

Cette fois, ils étaient passés par la route normale et non par le raccourci de Pelote.

– Chaque fois qu'il embête ta sœur, tu lui fais tomber un pot de peinture ou un chandelier en cristal sur la tête, par exemple.

– Pourquoi tu reparles de ça, c'était un accident, affirma la petite chatte. De toute façon, je ne peux pas supporter les chiens. Ni le bruit. Tout ce que je veux, c'est reposer en paix.

Joe soupira.

– Il nous faudrait un chat costaud pour lui donner une bonne leçon, à ce chiot.

– Comment ça ? miaula Pelote.

– Mon père m'a dit qu'avec les brutes, il n'y avait qu'une seule chose à faire : leur tenir tête. Bien sûr, Bonsaï n'est pas vraiment une brute. Il est juste jeune et tout fou, il veut jouer, il ne se rend pas compte. Mais un chat costaud pourrait lui apprendre à respecter davantage les autres.

Pelote pencha la tête sur le côté, perdue dans ses pensées.

– Je connais un chat dans ce genre ! s'exclama-t-elle. Il s'appelle Draculo ! Il habite dans les poubelles du fast-food.

– Un chat errant ?

Pelote expliqua :

– Je l'ai rencontré un soir, en me baladant dans le quartier. On s'est disputés pour un morceau de poisson. Il affirmait qu'il lui appartenait, alors que je l'avais trouvé la première, expliqua Pelote, furieuse.

Joe sourit.

– Vous vous êtes battus ?

– Certainement pas ! En fait, je… j'ai vite filé, avoua-t-elle.

Effectivement, elle n'avait pas l'air d'une grande bagarreuse.

– Je parie que Draculo pourrait lui apprendre les bonnes manières, à ce chiot mal élevé, déclara-t-elle.

– Peut-être, répondit Joe. Mais comment faire pour l'emmener chez Maya ? Je ne vais quand même pas le kidnapper.

– Pas la peine, affirma Pelote. Il ferait n'importe quoi pour un truc à manger, il a toujours faim. Tu n'as qu'à semer des friandises à partir des poubelles jusque chez Bonsaï.

Joe haussa les sourcils.

– Comme Hansel et Gretel avec les miettes de pain ? C'est ridicule !

Mais Pelote insista tant et tant que Joe finit par céder.

– J'irai jeter un coup d'œil dans la ruelle derrière le restaurant une fois que j'aurai acheté le journal de papa, promit-il.

Dans la supérette, il repéra le rayon nourriture pour animaux. Tout au bout, il y avait des friandises pour chats. Il allait en avoir besoin afin d'attirer Draculo.

– Avec mon argent de poche, j'étais censé acheter une nouvelle éponge à maman, grommela-t-il tandis qu'il en prenait trois sachets pour les régler à la caisse avec le journal.

Par chance, le fast-food était fermé le dimanche matin, Joe put donc se faufiler derrière sans se faire remarquer. Il y avait quatre grands containers à ordures noirs, remplis à ras bord.

Joe n'avait pas franchement envie de s'approcher.

– Draculo n'est peut-être pas là, suggéra-t-il, plein d'espoir.

– Regarde bien, couina Pelote. Il doit être derrière.

– Beurk ! gémit Joe. Quelle odeur !

Les poubelles débordaient de vieux cartons, boîtes de conserve, épluchures de patates, têtes de poisson et papiers graisseux. À côté se dressait une montagne de caisses pleines de bouteilles vides, entourée d'une nuée de mouches et de guêpes. Joe fit la grimace en sentant des arêtes de poisson crisser sous ses pieds.

– C'est répugnant !

– Je ne sens rien, moi, affirma Pelote.

« C'est sans doute parce que tu as une haleine atroce », pensa Joe.

Après avoir jeté un bref coup d'œil derrière les containers, il déclara :

– Pas de chat par ici.

Mais juste à cet instant, il entendit un feulement sourd.

– Il est là-dessous, gémit Pelote en se cachant derrière lui.

Joe se mit à quatre pattes dans les ordures pour regarder sous les poubelles. L'odeur était insoutenable. Au début, il ne voyait rien, mais comme sa vision s'accoutumait à l'obscurité, il distingua deux grands yeux verts qui le fixaient. Draculo ?

– Minou, minou, viens…, l'appela-t-il en lui lançant des friandises.

Le chat les engloutit comme un aspirateur, puis gronda pour en réclamer d'autres.

– Si tu en veux, viens les chercher, fit Joe en lui tendant les croquettes dans sa paume. Allez, sors de là.

MiAM MiNOU

Mais tout à coup, une voix familière le fit sursauter.

– Qu'est-ce que tu fabriques là-dessous, Joe ?

Il se retourna, surpris.

C'était Matt et son père qui sortaient de la supérette, avec le journal, des petits pains et une bouteille de lait.

– Pouarc ! s'exclama Matt en se bouchant le nez. Ça sent pas la rose !

Joe eut un sourire penaud.

– Euh… bah…

– Depuis quand tu fais les poubelles ? s'étonna son copain.

Joe se releva et ôta une arête de poisson accrochée à son pantalon.

– En fait…, commença-t-il tout en se creusant la tête pour trouver une explication plausible, je…

Mais juste à ce moment-là, Draculo jaillit de sous les poubelles !

CHAPITRE HUIT

Joe n'avait jamais vu un chat aussi hideux. C'était un gros matou roux, avec une oreille déchiquetée et le museau plein de cicatrices. On aurait dit que sa queue était passée au hachoir, il n'en restait plus qu'un misérable moignon tout mâchouillé. Mais le pire, c'était la grande dent pointue qui sortait de sa gueule et qui lui donnait l'air d'un morse. Joe comprenait maintenant

pourquoi Pelote préférait ne pas se frotter à lui.

Comme le chat s'avançait vers Joe, elle paniqua et fila se cacher dans sa capuche. Le garçon tendit une poignée de friandises à Draculo.

– Je ne pense pas que ce soit une bonne idée de nourrir les chats errants, Joe, intervint le père de Matt.

– Ah oui, m-m-mais ce n'est pas un chat errant, bafouilla Joe. Mon amie Maya a perdu un chat et je crois que c'est lui.

– Maya ? s'étonna Matt. C'est qui ?

– Hum… la fille d'un collègue de mon père, improvisa Joe. On se connaît depuis qu'on est bébés, mais on ne se voit pas souvent.

Matt sourit.

– Ce ne serait pas ta petite copine, par hasard ?

Joe devint écarlate.

– Mais non ! Bien sûr que non ! C'est juste que… euh… mon père m'a dit qu'elle avait perdu son chat et, en allant chercher le journal, j'ai cru le voir passer. Alors je l'ai suivi. Ouais, c'est bien son chat, affirma-t-il après avoir observé Draculo qui réclamait des friandises en agitant son moignon de queue d'un air impatient.

Joe jeta quelques croquettes par terre.

– Tiens… euh… Pelote.

– Pelote ? s'esclaffa le père de Matt. Drôle de nom pour un monstre pareil. Je l'aurais plutôt appelé Pirate ou Féroce, ça lui irait mieux.

– Non, mais il va se taire, cet humain !
miaula la vraie Pelote.

– Oh, c'est un gros nounours, en fait,
assura Joe en caressant la tête de Draculo
avec précaution pour ne pas se faire mordre.
D'ailleurs, je vais le ramener de ce pas à sa
maîtresse.

Par chance, le chat semblait l'apprécier
— sans doute grâce aux friandises — et ne
se débattit pas lorsque Joe le prit dans ses
bras.

Le garçon se mordit les lèvres. Ce matou était énorme, sale et il sentait presque aussi mauvais que Pelote.

Soudain, Matt eut une idée.

– On pourrait déposer Joe chez son amie en voiture, suggéra-t-il. Regarde, papa, il pèse une tonne, ce chat.

– NOOOON ! hurla Pelote en sortant la tête de la capuche de Joe. J'ai horreur des voitures.

Mais c'était vrai, Joe avait un mal fou à porter Draculo. Le monstrueux matou était deux fois plus gros qu'un chat normal.

Le père de Matt haussa les épaules.

– Oui, si tu veux. Appelle juste tes parents d'abord, Joe, pour les prévenir.

Et il lui tendit son portable.

– Papa, je pourrai rester avec Joe, après ? demanda Matt.

Joe avala sa salive.

– Hein ?

Il était d'accord pour que Matt le dépose chez Maya, mais il ne tenait pas à l'avoir dans les pattes ensuite... sinon il allait devoir lui raconter des histoires.

– Comme Joe m'a invité chez lui tout à l'heure, ce serait plus simple que je l'accompagne tout de suite, poursuivit Matt.

Zut ! Joe avait complètement oublié qu'il lui avait proposé de venir à la maison pour échapper à ses petites cousines. Voyant la mine désespérée de son ami, Joe hocha la tête.

– C'est vrai, monsieur Adams, j'avais invité Matt.

Quand il composa le numéro de chez lui, c'est sa mère qui répondit.

– Salut, m'man...

Il n'était pas très doué pour mentir.

– Euh... en sortant de la supérette, j'ai vu le chat de Maya, celui qui a disparu depuis des semaines.

Sans lui laisser le temps de demander qui était Maya et de quel chat il parlait, il enchaîna :

– Enfin, bref, Matt et son père passaient par là, alors ils vont me conduire chez elle pour lui rendre son chat, si tu veux bien.

Par chance, sa mère avait l'air occupée. Dans le fond, il entendait Sarah se plaindre que sa chambre n'était pas peinte de la bonne nuance de violet. Pressée de raccrocher, sa mère lui donna donc son accord sans discuter.

Cette question réglée, ils montèrent tous dans la voiture et Joe leur indiqua le chemin.

Hélas, Draculo n'était pas un passager très facile. Il ne tenait pas en place et, malgré les croquettes, refusait de rester tranquillement assis.

Quant à Pelote, depuis le début du trajet, elle miaulait comme une âme en peine dans la capuche de Joe.

– Tu vas te taire ? souffla le garçon.

Mais la chatte couinait de plus en plus fort : ça lui rappelait son accident.

– Il conduit trop vite ! gémissait-elle. Comme la voiture qui m'a écrasée !

– Calme-toi, chuchota Joe.

Draculo, qui en avait également assez, avait décidé de sortir du véhicule.

– Hé ! protesta le père de Matt quand il bondit sur la plage arrière. Je ne vois plus rien.

Joe voulut l'attraper, mais le chat gronda en montrant les dents — de grosses dents jaunes et très pointues !

– Tu es sûr que c'est le chat de ton amie ? s'étonna Matt lorsque Draculo sauta à leurs pieds en leur jetant un regard mauvais. Il n'a pas l'air... hum... très sympa.

– Oui, oui, je suis sûr. Enfin, je crois...

Joe haussa les épaules et se gratta la nuque.

Ça le démangeait terriblement. Ce devait être la queue de Pelote qui le chatouillait... Ou bien elle lui avait passé des puces — d'affreuses puces zombies. À moins que ce ne soit Draculo...

Alors que le chat commençait à attaquer la portière à coups de griffes, pressé de sortir de la voiture, ils arrivèrent enfin dans la rue de Maya.

– C'est quelle maison, Joe ? demanda le père de Matt, qui surveillait le chat d'un œil inquiet dans son rétroviseur.

– Celle-ci, avec le grand arbre devant.

Dès que la voiture s'arrêta, Joe ouvrit la portière d'une main en tentant d'attraper

Draculo de l'autre, mais le chat fut plus rapide. Il fila se percher sur le muret du jardin d'où il toisa Joe d'un œil méprisant. Il avait visiblement décidé qu'ils n'étaient pas amis en fin de compte.

Matt descendit également du véhicule.

– À plus tard ! lui lança son père par la fenêtre avant de redémarrer.

Dans la capuche de Joe, Pelote s'impatientait :

– Allez, viens, Joe ! Il ne faudrait pas que Draculo nous échappe. Va sonner à la porte.

Mais ce ne fut pas la peine car, juste à ce moment-là, Peluche surgit par la chatière, chassa de près par Bonsaï. Le chien la pourchassa dans tout le jardin en jappant.

– Il va la mooooordre ! miaula Pelote, qui planta aussitôt ses griffes dans le cou du pauvre Joe.

Une seconde plus tard, la porte d'entrée s'ouvrit à la volée et Maya apparut avec son petit frère.

Ils étaient en train de se disputer :

– Rattrape ton chien, il n'arrête pas d'embêter mon chat ! râlait Maya.

– Mais c'est seulement pour s'amuser ! se défendit son frère.

– Peut-être mais Peluche n'a pas envie de jouer avec lui.

Pendant ce temps, Bonsaï continuait à poursuivre la petite chatte, qui slalomait entre les buissons, terrifiée.

– Fais quelque chose, Joooe ! couina Pelote.

CHAPITRE NEUF

Sans réfléchir, Joe jeta le restant de croquettes par-dessus le mur. Puis il poussa délicatement Draculo dans la même direction.

– MIAOU ! hurla-t-il, furieux, en atterrissant lourdement dans l'herbe.

– Par ici, Bonsaï ! cria Joe.

Mais le petit chien avait déjà repéré Draculo. Il se rua sur lui aussi vite que ses courtes pattes le lui permettaient.

Draculo ne parut pas le moins du monde impressionné. Il fit le gros dos et se mit à souffler. Cependant le chiot était trop jeune pour décoder les signaux d'alerte, il continua à foncer sur le chat errant, haletant et jappant, prêt à jouer... à chat.

Contrairement à Peluche, Draculo ne bougea pas. Il ne prit pas la fuite. Il demeura à la même place, les yeux étincelants et le poil hérissé. Il agitait frénétiquement son moignon de queue en grondant comme un ours, sa grande canine pointue étincelant au soleil. Et voyant que le chiot ne reculait pas, il prit son élan et paf ! lui flanqua un coup de patte sur le museau.

Bonsaï se figea, stupéfait, sans comprendre ce qui venait de se passer. Puis il se mit à couiner et fila se cacher derrière le petit frère de Maya, la queue basse.

Pelote sauta sur le muret, ronronnant de plaisir.

– Ça a marché ! Il a reçu une bonne leçon !

C'est alors que Maya aperçut Joe et le rejoignit en courant.

– Tu es revenu !

Comme Joe rougissait, Matt lui lança un regard plein de sous-entendus.

– Tu as vu ? s'exclama Maya, ravie. Ce gros chat errant vient de donner un coup de patte à Bonsaï.

– Euh… ouais, bafouilla Joe, en évitant de croiser le regard de son copain.

– Chat errant ? s'étonna Matt. Ce n'est pas ton chat, alors ?

Maya éclata de rire.

– Bien sûr que non ! Le voilà mon chat !

Elle désigna Peluche qui trottinait prudemment dans leur direction en scrutant les environs, craignant de voir Bonsaï se jeter sur elle.

– Pourtant Joe a dit que c'était ton chat ! répliqua Matt en montrant du doigt Draculo, qui avait fini les friandises et se léchait les babines.

– Joe l'a trouvé derrière le fast-food, il croyait que tu l'avais perdu.

La fillette fronça les sourcils.

– Quoi ? Mais je n'ai jamais perdu mon chat !

Ils se tournèrent tous les deux vers Joe, l'air interrogateur.

Pelote pouffa.

– He, hé ! C'est toi qui es dans le pétrin, maintenant !

Joe sourit, mal à l'aise.

– Euh…, bredouilla-t-il, les mains moites. Je croyais que tu avais perdu ton chat… Pelote, c'est bien ça ?

Maya pâlit.

– Quoi ? Tu as pris ce vieux matou roux pour Pelote ? Mais non, je t'ai dit qu'elle était morte !

Toujours perchée sur le muret, la chatte zombie soupira tristement.

– Non, pas encore. J'aimerais bien être vraiment morte et reposer en paix.

Joe était écarlate. Il n'arrivait plus à se dépêtrer de ses mensonges.

– Désolé, marmonna-t-il en fixant ses chaussures. J'ai dû mal comprendre.

Il jeta un coup d'œil par-dessus l'épaule de

Maya, cherchant désespérément comment détourner son attention.

– Oh, regarde ! Peluche a l'air de bien l'aimer, ce vieux matou !

Peluche et Draculo étaient truffe contre truffe. Ils se reniflaient en ronronnant.

Pelote haussa les épaules.

– Elle doit se sentir seule sans moi.

Maya se pencha pour les caresser.

– Eh bien, finalement, je suis contente que tu aies tout compris de travers, Joe. C'est une bonne chose qu'un chat ait tenu tête à Bonsaï, pour changer.

– Oui, il faut qu'il apprenne. Il ne veut pas faire de mal à Peluche, juste s'amuser.

– Pff ! grogna Pelote. Regarde comment ça s'est fini quand il a voulu jouer avec moi.

Maya acquiesça :

– C'est ce que dit ma mère. Elle l'a inscrit à un cours d'éducation canine, pour le dresser. Mais maintenant qu'il sait que les chats ont des griffes, il fera peut-être plus attention.

– On peut rester un peu pour jouer avec lui, Matt et moi ?

Maya sourit.

– Bien sûr, ce serait cool.

Elle se tourna vers son frère.

– Hé, Jay, amène Bonsaï par ici !

Le chiot était méfiant. Il lançait des regards inquiets vers Draculo, qui se tenait maintenant sur le muret avec Peluche (et Pelote, même si personne ne la voyait à part Joe).

– Salut, fit Jay, tout timide.

– Il est adorable, ton chien ! s'exclama Joe en ramassant sa balle. Allez, va chercher, Bonsaï !

Il la lança à travers le jardin.

Bonsaï hésita un quart de seconde, mais il ne put résister et se rua à sa poursuite !

CHAPITRE DIX

Joe et Matt jouèrent avec le chiot un moment, sous le regard des chats perchés sur le mur. Joe venait de lancer la balle quand il s'aperçut que Pelote essayait d'attirer son attention. Il s'approcha.

– Ça va ? murmura-t-il en faisant semblant de caresser Peluche.

– Oui, grrrâce à toi, tout est arrrrangé, Joe, déclara Pelote en ronronnant doucement.

Peluche n'a plus l'air d'avoir peur et je crois que Bonsaï a compris la leçon. Je vais pouvoirrr partirrr.

Elle devenait déjà transparente.

– Merci pour tout, Joe. Je ne t'oublierai jamais.

Et sur ces mots, elle disparut complètement.

La mère de Maya et Jay passa alors la tête dans l'entrebâillement de la porte et les appela pour déjeuner.

– Tu peux revenir quand tu veux, Joe, lui glissa Maya.

Comme Joe rougissait, Matt lui donna un coup de coude.

– Ouais… p-peut-être un jour, marmonna Joe en évitant de regarder son copain qui faisait des bruits de bisous mouillés.

Lorsque Peluche suivit Maya à l'intérieur de la maison, Joe remarqua que Bonsaï gardait ses distances. Visiblement, il avait appris à respecter davantage les chats. Joe espérait que ça durerait car il n'avait pas franchement envie de voir revenir Pelote !

– Et lui, qu'est-ce qu'on en fait ? lança Matt en tendant le menton vers Draculo, toujours perché sur le mur.

Joe haussa les épaules.

– Tu crois qu'on doit le ramener près de ses poubelles ?

Mais, juste à ce moment-là, Maya réapparut avec une gamelle pleine.

– Maman m'a autorisée à lui donner à manger.

Elle caressa ses oreilles déchiquetées en le regardant engloutir la pâtée.

– Quel drôle de vieux matou ! Je me demande comment il s'appelle.

– Euh... un nom de gros dur, j'imagine, fit Joe. Draculo, par exemple.

Maya pouffa.

– Oui, ça lui va bien.

Sur le chemin du retour, Matt questionna Joe :

– Tu crois qu'ils vont le garder ?

Le garçon haussa les épaules.

– J'espère. Avec Draculo dans les parages, Bonsaï se tiendra à carreau.

Une goutte s'écrasa alors sur son front. Ils s'étaient tellement amusés avec le chiot qu'ils n'avaient pas remarqué les gros nuages noirs dans le ciel. Matt ferma son manteau tandis que Joe mettait sa capuche. Il sentit alors un truc humide et mou.

Une boule de poil — un souvenir vert et poisseux de Pelote.

Joe réprima un frisson, puis il sourit. Il était heureux qu'elle soit paisiblement passée dans l'autre monde. Et maintenant, il avait hâte de se reposer un peu, lui aussi.

– T'aurais pas marché dans un truc, Joe ?

– Quoi ?

Matt renifla.

– Ça sent vraiment mauvais.

Joe vérifia ses semelles.

– C'est pas moi.

Son copain l'imita.

– Ni moi.

Joe leva le nez. Oui, en effet… une odeur abominable flottait dans les airs — une odeur de chaussettes moisies… ou de pieds puants…

Il distingua un jappement dans le lointain, comme un chien qui appelait son maître.

Peut-être Bonsaï… Il tendit à nouveau l'oreille. Non, ce n'était pas un

chiot, mais un chien beaucoup, beaucoup plus gros… Et si c'était un nouvel animal zombie qui avait besoin d'aide ?

Oh non, pas moyen d'être tranquille !

– Viens, Matt ! cria-t-il soudain. On fait la course ?

Et Joe détala aussi vite qu'il put.